Reflections of
Ultramarine
2
Mayu Sakai

& Story

Ren Serizawa

Koharus Klassenkamerad mit unbekanntem Hintergrund. Er gibt sich schroff, scheint aber trotzdem nett zu sein. Hat er etwas zu verbergen?

Koharu Hiragi

Ein natürliches Mädchen mit einer positiven Ausstrahlung. Kindheitsfreundin von Keigo. Hat sie sich womöglich in Ren verguckt?

Risa Yajima

Mitschülerin. Sie weiß genau, was sie will, kümmert sich aber auch um andere.

Eiji Hikami

Filmregisseur. Koharu und Ren haben bei einem Casting sein Interesse geweckt.

Yurina Yamanishi

Mitschülerin von Koharu und den anderen. Die zwei Zöpfe sind ihr Markenzeichen.

???

Ein talentierter Kinderdarsteller, der Koharu dazu inspiriert hat, selbst Schauspielerin zu werden.

Charaktere

Hayu Nonomiya

Modelt für Teenie-Zeitschriften. Spitzname: Hayuyu. Sie ist schon lange Fan von Keigo.

Keigo Konno

Ein gut aussehender und beliebter Nachwuchsschauspieler. Gleichermaßen beliebt bei Mädchen wie bei Jungen. Ist er in Koharu verliebt?

Koharu besucht die zehnte Klasse im Showbiz-Zweig der Funakoshi-Privatschule. Sie will Schauspielerin werden, um den Jungen zu finden, der sie als Kind in einem Kinofilm zutiefst beeindruckt hat. Noch ist sie allerdings ein No-Name. Bei einer Schulaufführung ergattert Koharu ihre erste Hauptrolle. Als ihr männlicher Gegenpart Keigo am Tag der Willkommensfeier verhindert ist, droht die Vorstellung ins Wasser zu fallen, doch ein rätselhafter Klassenkamerad namens Ren springt in letzter Minute für ihn ein und das Stück wird ein voller Erfolg. Koharu beginnt sich für Ren zu interessieren. Als sie zu einem Casting zu spät zu kommen droht, hilft Ren ihr erneut. Vor Ort wird er selbst gescoutet und absolviert das Vorsprechen zusammen mit ihr. Dank seines strengen Coachings wächst die hypernervöse Koharu über sich hinaus, allerdings stellt sich das Casting als Fake heraus, bei dem die weibliche Hauptrolle von Anfang an feststand. Dennoch zeigt sich der Regisseur angetan von Koharus und Rens Leistung. Koharus Interesse an Ren nimmt weiterhin zu.

▲ **Rens Rat an Koharu beim Casting.**
Da würde wohl jedes Mädchen Herzklopfen bekommen.

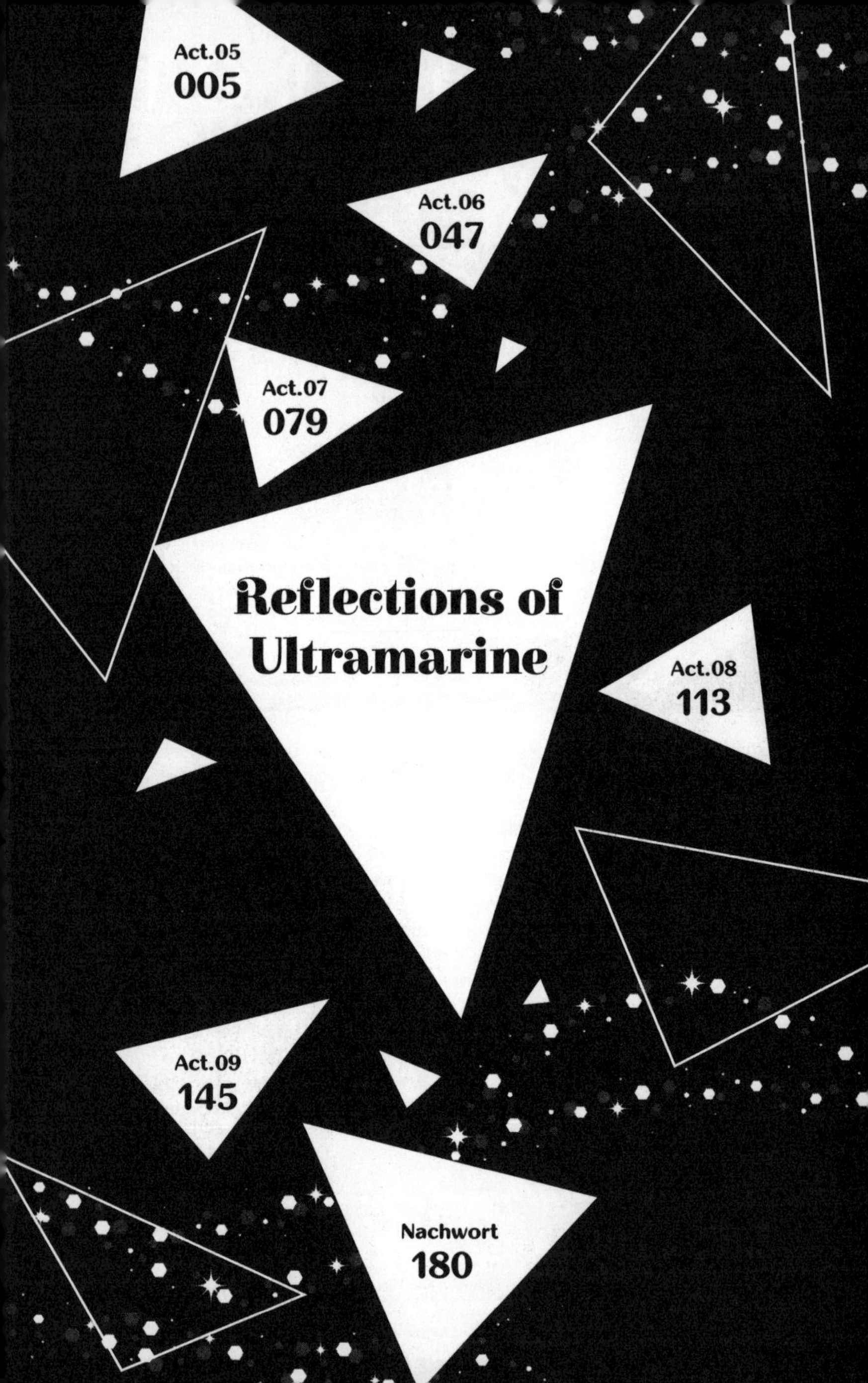
Act.05
005
Act.06
047
Act.07
079
Reflections of Ultramarine
Act.08
113
Act.09
145
Nachwort
180

Act.05
Reflections of Ultramarine

Reflections of
Ultramarine

Über die Coverillu von Kapitel 5 & mehr + Begrüßung

※ Vorsicht! Diese Kolumnen können Spoiler enthalten, also lest lieber erst das Kapitel!

Das Kapitelcover war dieses Mal in den drei Farben Schoko, Mint und Erdbeer gehalten*. Von den bisherigen Titelbildern sieht es vermutlich am meisten nach Shojo-Manga aus (Stand: Juni 2018). Und auch im Kapitel selbst geht es sehr shojomäßig zu, wie ich finde. Kei und Hayu zu zeichnen macht mir immer Spaß, weil beide ein recht schillerndes Äußeres haben und ich bei ihnen nicht befürchten muss, dass sie mit dem dunklen Hintergrund verschmelzen, so wie Ren es gern tut, wenn ich nicht aufpasse. (Lach) Aber dafür haben schwarzhaarige Charaktere in Momenten, in denen es drauf ankommt, ordentlich Präsenz! (Noch mal gerettet!)

* Im *Ribon*-Magazin, in dem die Serie ursprünglich kapitelweise in Japan erscheint, werden die Kapitelcover manchmal in Farbe abgedruckt.

...
10-H
Hey, Leute!
Versteht einer diese Aufgabe hier?

Welche?
Die dritte auf dem Geografie-Arbeitsblatt.
Keinen Bock.
Ach die!
Ja, ich weiß, worum's geht.
Dazu hab ich Notizen.
Echt?
Lass mich die mal abfotografieren!
Mich auch!
Da wir jobbedingt häufig fehlen ...
... müssen wir nach Schulschluss ...
... den versäumten Unterrichtsstoff lückenlos nachholen.
Wir bekommen also nicht bloß frei und das war's.
Ganz schön anstrengend! ♡
Geografie

Die Lehrer schauen nur ab und zu mal rein. Es ist also im Prinzip recht locker.
Aber da wir regelmäßig Aufsätze einreichen müssen, um die erforderlichen Punkte ...
... für jedes Fach zu bekommen, versuchen wir, so gut es geht, hinterherzukommen.
Sag mal ...
... warum muss ich hier eigentlich mit dir rumsitzen?
Ich will nach Hause.
Die Nachholstunden sind wichtig!
Wir beide fehlen doch nie in der Schule!
Und genau deshalb können wir den anderen am besten alles erklären!
Ist das wirklich der Grund?
Unsere Klassenkameraden brauchen uns!

Na ja ...
Das ist nur die halbe Wahrheit. Ich möchte mich auch ein bisschen mehr mit Ren unterhalten.
Was ist?
Ups!
Starrst du mich böse an?
Guck dich nicht an meinem Gesicht fest.
Wa...!
Ha ha
G...
Ganz sicher nicht!

Ich hab nur gedacht, was für lange Wimpern und schöne Haut du hast!
Was zum ... B...
?!
Bist du jetzt total plem-plem ?!
Nö, bin ich nicht!
Was geht denn bei denen ab?
Seit wann sind die so di-cke?
Wer schä-kert ?!
Bist du blöd?
Wenn ihr schäkern wollt, geht ge-fälligst nach Hause!
...
Hey, ihr da!
Ach, kommt schon ...
Schrei-ben wir lieber schnell unsere Aufsätze fertig.
Okay?

Da fällt mir ein!
Hast du dein Englischbuch dabei, Keigo?
Ich hab meins vergessen.
Wahnsinn, Hayu!
Hast du Keigo Konno grad darum gebeten, dir sein Buch zu leihen?!
Hm?
Was ist denn dabei? Er ist doch unser Mitschüler.
Ja.
Moment.
Nee …
Also, ich könnt das nich.
Aber du bist ja auch Hayuyu!
Hier …
… bitte.
English I
Klick

Kyah!
Ich hab ein Foto!
Von Keigo Konno!
Er ist so heiß!
Heeey, ihr!
?!
Wusch
Mo...
Die Hüterin der Fotorechte ist los!
Mensch, Koharu!
Wie 'ne Wildsau.

Mann, die sorgt echt immer ...
... für Chaos.
Yaaay!
Sie hat das Foto gelöscht!
Man muss es ihnen nur vernünftig erklären.
Ein Glück, was, Kei?!

Du wieder ...
Leg dich nur nicht aus Versehen mit den Falschen an, okay?
Hey, alles gut!
Die machen das garantiert wieder rückgängig.
Aber ich sag lieber nichts.
...

Und?
Was läuft da wirklich?!
Was?
Na, zwischen dir ...
... und Keigo! Und Ren!
Was sonst?!
Was da läuft?
Nix.
Ich bin ganz normal mit ihnen befreundet.
Also, Kei kenne ich eigentlich schon aus dem Sandkasten.

Und das ist wiiirklich alles?!
Willst du mir weismachen, dass du gegen so 'nen Traumtypen völlig immun bist?!
Also ...
Klar find ich ihn cool.
Ich hab immer gedacht, ihr beide wärt ein Paar.
Hää?!
Kei und ich?! Nie im Leben!
Er ist doch dauernd von hübschen Schauspielerinnen umgeben.
Außerdem bin ich für ihn wie Familie.
Wir sind quasi wie Geschwister.
So attraktive Brüder gibt's höchstens im Märchen!
Was möchtest du?
Auch wieder wahr ...

Aber ist doch auch unwichtig!
Wo-vor?
Na, vor so was wie vorhin.
Ach so.
Risa und Hayu, ihr zwei solltet euch jedenfalls auch in Acht nehmen!
Dass nicht jemand heimlich Fotos von euch macht!
Das passiert in unserem Job doch …
… andauernd.
Ein Mädchen aus der 10-G wurde neulich sogar vom Schultor bis zur S-Bahn verfolgt.
Und Shiho wird offenbar auch häufiger in der Bahn fotografiert.
Shiho Nishizaki
Mitglied der Popgruppe RBN47
So oft, wie du in letzter Zeit auf Covern bist.
Und auf Insta hast du auch superviele Follower.
Na ja, du solltest vermutlich wirklich aufpassen, Hayu.
…

Hayu?
Stimmt was nicht?
Oh!
Sag mir einfach Bescheid, wenn bei dir mal was sein sollte!
Ich beschütz dich!
Du hast ja auch viel Zeit.
Risa!!
...

Hallo♪

Schön euch … kennenzulernen? (Lach)

Hallo, ich bin MYPN♪ In Band 2 weiß ich immer nicht so recht, wie ich euch am besten begrüßen soll.

Wie viele von euch lesen wohl tatsächlich zum ersten Mal einen Manga von mir? (Lach)。Normalerweise fängt man ja bei Band 1 an, oder? Von daher … (Lach)

Na ja, ich sag mal so, ihr dürft natürlich anfangen, wo ihr wollt.
Ach ja? (Lach)

Ich meine, Band 2 beginnt inhaltlich ja auch an einer ziemlich günstigen Stelle … (Lach)

In diesem Band gibt es seit Langem mal wieder mehr als zehn Randspalten, also erkläre ich Klagen à la »Mir fallen keine Themen ein♪« hiermit zum Tabu und werde mich bemühen, sie alle vollzubekommen. Dass inhaltlich nicht viel drinsteht, hat ja mittlerweile schon Tradition. (Lach) Ähm … Ich versuche, mir nicht allzu viel Stress damit zu machen.

Bei mir ist nun mal Hopfen und Malz verloren.
In diesem Sinne, los geht's mit dem Randspaltentalk♪

Go♪ Go♪ ☆

Nanu?
Keigo?
Heute auch so spät noch da?
Hattest du nicht eigentlich frei?
Ja, schon.
Aber ich hänge mit meinen Aufsätzen so weit hinterher. Gestern bin ich ...
... nicht fertig geworden.
どっちゃり…
Stapel
Hm, du hast letzte Woche ja auch ziemlich oft gefehlt.
Ich darf's theoretisch auch zu Hause machen ...
... aber da penne ich vermutlich sofort ein.
Und deshalb bist du extra hergekommen?
Oje!

Diese Aufgaben hab ich neulich auch erst gelöst.
Wenn du willst, helf ich dir.
Was?
Echt?!
!
Du bist ein Schatz!
Koharu ist heute nämlich direkt nach Hause gegangen und hat mich einfach hängen lassen.
So was Herzloses!

Ge- nau …
Und da muss »die An- den« rein.
Hm, okay.
Übri- gens …
Neu- lich war ein kurzer Artikel über dich in der *Heaven- teen*, oder?
Ja …
Ge- nau.
Die haben eine Art Sonder- seite über mich ge- macht.
Das war die Ausga- be mit dir auf dem Cover.
Wer war der Foto- graf?
Senda hieß er, glaub ich.
Er war noch ziemlich jung.
Herr Sen- da?!
Der fotogra- fiert mich auch im- mer!

Der ist lustig, oder?
Er wirkt immer so hektisch.
Aber seine Fotos sind klasse.
Ja, find ich auch.
Ich hab mir die Bilder kopieren lassen.
Für mich persönlich.
Ja, das mach ich auch oft!
Ha ha ha!
...

Ich komm ...
... mir gerade vor ...
... wie im Traum.
Ich bin nämlich ...
... schon ewig dein Fan.

Was?
Wirk-lich?
Ja.
Ich lese sämtliche Artikel über dich und schaue alle deine Serien.
Und auf einmal sind wir in einer Klasse ...
... und unterhalten uns ganz normal.
Ehrlich gesagt ...
... schwebe ich gerade wie auf Wolken.

Huch!
Äh!!
Was sag ich denn da?
Mädchen, die so über dich denken, gibt's bestimmt wie Sand am Meer.
Hör am besten gar nicht hin!
Warum denn?
Ich freu mich, dass du mir das sagst.
Danke.

Du, Keigo ...
... sag mal ...

Du und Ko...
Nein ...
... schon gut.
Lass uns weitermachen!
Als Nächstes ist Bio dran, oder?
Ich hab mein Heft dab... Oh ...
...

Das Cover von Band 2

Ich hatte ja bereits geschrieben – wo, hab ich vergessen (und stehe dazu) –, dass die Cover von Reflections of Ultramarine Close-ups der Charaktere zeigen, weil meine Redakteurin dieses Konzept mit viel Begeisterung gepusht hat. Bei Band 2 war natürlich erst mal Ren an der Reihe, aber wer wird wohl aufs nächste Cover kommen, was meint ihr? (Lach) Wenn ich Wiederholungen vermeiden wollte und ansonsten danach gehen würde, wer im jeweiligen Band besonders häufig vorkommt, könnte es zum Beispiel XY werden. (Den Namen behalte ich für mich. Ich will euch ja nicht spoilern.)

Oder hätte ich vielleicht doch lieber Hayu für Band 2 nehmen sollen? Das ist ganz schön knifflig. Bei Close-ups entfällt außerdem die Option, eine der Hauptfiguren zusammen mit noch einer weiteren Figur auf dem Cover zu zeigen. (Lach)

Es kann übrigens auch passieren, dass ich bei Band 3 wieder auf Koharu zurückgreife. Da kenne ich gar nichts. Aber ich hoffe, ihr bleibt trotzdem weiter dabei.

Ding
Dong
Lärm
Lärm
Juchhu!
Endlich haben wir Sport!
Das einzige Fach, in dem ich gut bin!
Nuuuull Bock!
Sport ist so ätzend!
Heute spielen wir Tennis, oder?
Ich will nicht braun werden!
Ich hab morgen einen Dreh.
Jetzt hört doch mal auf zu meckern!

Hmpf!
Dann nich!
Huch!
Komm, Hayu, wir gehen!
Koharu, warte ...
Meine Sportsachen sind noch im Spind.
Klack
Japanische Geschichte

Hayu?
は
Schreck
Was ist los?
Wir kommen zu spät.
Oh …
Äh …
Ich hab Kopfschmerzen.
Ich geh kurz ins Krankenzimmer.
Echt?
Kommst du klar?
Soll ich lieber mitkommen?
Nein, es geht schon.
Kannst du dem Sportlehrer Bescheid sagen?
Tut mir leid!

Ganz schön heiß heute ...
...
Hayu?

Was machst du hier?
Müsstest du nicht mit den anderen Mädchen auf dem Tennisplatz sei...

Oh!
Ich hab mein Haargummi vergessen.
Ich geh's nur schnell holen!
Du wieder.
Ob Hayu okay ist?
Am besten, ich schau mal kurz nach ihr.
Ja, das mach ich!

Nähen mit der Nähmaschine 3

Ich erinnere mich dunkel daran, dass ich übers Nähen auch schon mal irgendwo geschrieben habe. Vielleicht irre ich mich auch. Mein Gedächtnis hat sich mal wieder irgendwohin verabschiedet … Jedenfalls besitze ich eine (billige) Nähmaschine, mit der ich gern ab und zu ganz gemütlich kleine Accessoires vor mich hin schneidere. Aber kann mir bitte mal jemand verraten, wie man eigentlich schöne Kreise näht? Egal mit wie vielen Stecknadeln ich den Stoff fixiere oder meinetwegen mit einem Heftfaden eine provisorische Naht setze, sobald ich mit der Nähmaschine drübergehe, verrutscht der Stoff trotzdem … Alles verrutscht? Vor allem mit dem Einsetzen von Stoßbändern tue ich mich unglaublich schwer, weil ich da in einem gleichmäßigen Abstand von ein bis zwei Millimetern direkt am Saum entlangnähen muss. Das, was ich mit Abstand am meisten nähe, sind Haargummis. Ich kombiniere verschiedene Stoffe oder verziere sie mit Spitze und dergleichen. Das Beste an ihnen ist, dass sie leicht zu nähen und ruckzuck fertig sind, sodass man sich mal eben wie ein kleiner Schneider vorkommen kann. Ich behalte meine Haargummis zwar nicht, sondern verschenke sie in der Regel, aber es macht mir wirklich Spaß, sie zu nähen.

In letzter Zeit verschwinden …
… dauernd meine Sachen, Lehrbücher, Hefte …
Chemie I
Und jetzt ist meine Sportjacke weg.
Vermutlich hätte ich sofort einem Lehrer Bescheid sagen sollen.
Nach Mobbing … sieht es eigentlich nicht aus.
Aber ich hab gehört, dass in Showbiz-Klassen häufiger geklaut wird.
Aber ich will auch kein Theater veranstalten.

Tut mir leid.
Wenn ich heule, bring ich dich nur in Verlegenheit, oder?
Schon gut.
Das ist doch okay.
Du hattest bestimmt Angst …
... ganz allein damit dazustehen.

Act.06

Über die Coverillu von Kapitel 6 & mehr

Manchmal bekomme ich Lust, Cover zu zeichnen, die wie Werbeposter aussehen. Leider bleiben Koharus charakteristische Merkmale auf der Strecke, wenn sie zu gekünstelt guckt, deshalb muss ich immer aufpassen, beim Posieren den Punkt zu erwischen, an dem sie gerade noch wie sie selbst aussieht. Das ist wirklich schwer? In Reflections of Ultramarine fällt es mir bei den männlichen Figuren irgendwie leichter, ihnen alle möglichen Gesichtsausdrücke zu verpassen (geschauspielerte inklusive).

In letzter Zeit macht es mir übrigens besonderen Spaß, Kei und Ren dabei zu zeichnen, wie sie ganz beiläufig zusammen irgendwo auftauchen. Ich freue mich unter anderem auch schon sehr darauf, bald zu zeigen, was die beiden eigentlich voneinander halten. Oh? Heute höre ich mich endlich mal wie eine Autorin an? (Lach)

Kei
...?
Koharu!
Koha...
...

Block
Kei!
Du hast Hayu zum Weinen gebracht! Wie konntest du nur?!
Hä?!

Mo-ment!
Stopp stopp stopp.
Du versteht das falsch.
Ich hab sie nicht ...
D...
Das stimmt, Koharu.
Hat er wirklich nicht.
Und warum weinst du dann?!
がるるる Grrr
N...
Na ja, weil ...
Äh ...
Warum sagt ihr's ihr nicht einfach?
Serizawa!

Du … … hast mitge-hört?
Wie lange schon?
So ziemlich von An-fang an.
Ich sollte dich suchen gehen und zum Unterricht schleifen, weil du ohnehin so selten in der Schule … … bist.
…
Ähm … Viel-leicht …
… klären wir das hier lie-ber in der Mittags-pause …
Los! Du hast jetzt auch …
… Sport!
Keigo!
Ähm …
Vielen Dank!

4

Kino

Seit Anfang des Jahres gehe ich regelmäßig ins Kino (na ja, so einmal im Monat). Filme an sich gucke ich bei der Arbeit zwar auch recht häufig (oder sollte ich sagen, ich höre sie?), aber im Kino ist die Erfahrung natürlich viel intensiver als auf Streaming-Seiten. Das macht einfach mehr Spaß!

Mein Lieblingsfilm im ersten Halbjahr 2018 war *Pacific Rim 2*. MYPN hat eine Schwäche für vorhersehbare Storys. (Lach) *Kingsman: The Golden Circle* hat mir zwar auch gut gefallen, aber der Tod einer gewissen Figur, die ich sehr mochte, und vor allem die Art, wie sie gestorben ist (oh nein, jetzt hab ich verraten, dass jemand stirbt!), hat mich so traurig gemacht, dass es für Platz eins nicht mehr gereicht hat.

Ach ja, und ich sehe mir auch jedes Jahr den neuen *Doraemon**-Film an. *Nobita's Treasure Island* dieses Jahr war wirklich super! Ich hab geheult. (Lach) Und Captain Silver, der verrückt gewordene Vater, hat mir auch optisch sehr gefallen. Ich war ganz überrascht, dass er von Yo Oizumi** gesprochen wurde.

* Kultfigur, die seit dem Mangastart 1969 unzählige Fortsetzungen und Animeadaptionen hervorgebracht hat.
** Bekannter Synchronsprecher.

Was?
Gestohlen?!
Jemand hat deine Sachen geklaut?!
Nicht so laut, Koharu!
Pssst!
A...
Aber ...!
Wer würde denn ... ... so was machen?
Hast du ... ... das einem Lehrer gemeldet?
Noch nicht.
Ich wollte, wenn mög-lich, keine große Sa-che draus machen.
Das wissen wir eben noch nicht.
Es könnte jemand aus der Schule sein oder ein Außenste-hender. Wer weiß?

Oh!
Und wenn wir den anderen davon erzählen? Wenn alle mithelfen …
… können wir den Dieb vielleicht schnappen!
Das ist auch irgendwie riskant.
Was, wenn er Hayu dann erst recht eins auswischen will?
Stimmt auch wieder …
Vielleicht …
… warte ich doch lieber noch ein bisschen ab.
Hä?
Ich will euch keine Umstände machen, nur weil ich aus einer Mücke einen Elefanten mache.
»Mücke« …?
Risa und die anderen haben zwar auch so getan …
… als wären solche Vorfälle in diesem Business an der Tagesordnung, aber …
…
Hibbel
もや…

Oh nein!
Es ist ja schon so spät!
Ich muss los!
Ein Job?
Ja!
Ein Werbe-shooting.
Ist mein Make-up jetzt im Eimer?
Ach Mann!
Hayu …
Ist wirk-lich alles okay?

Ja.
Mir geht's gut!
Auf einmal ist sie wieder die Hayu, die wir alle ken-nen.

Süß ...
... und cool ...
... mit einer Wahnsinns-ausstrahlung.
Egal wie es in ihr aussieht ...
... sie lässt sich nichts anmerken ...
... und gibt ganz selbst-verständlich weiter ihr Bestes.

Das trifft …
… auf alle anderen sicher genauso zu …
Du …
… Kei?
Hm?
Hast du …
… so was auch schon mal erlebt?
Was meinst du?
Na ja, dass dir …
… jemand übel mitgespielt hat …

Hmm …
Na ja …
Nie wäre …
… gelogen.
Yunon Boy Contest
Der Gewinner steht fest!
Der jüngste Preisträger aller Zeiten!
Mit diesem Foto hatte sich Keigo beworben!
Keigo Konno (14)
Das sind deine Termine ab morgen.
Drei Fotoshootings und fünfzehn Interviews.
»Sollen wir Konno auch in den Gruppenchat einladen?«
Ich werd verrückt!
Keigooo!
Ruhe bitte!
Termine März
Hm?
»Wozu denn?«

»Der lebt doch inzwischen ...
... in einer ganz anderen Welt.«
Auch wenn man selbst meint, sich nicht verändert zu haben ...
... akzeptiert einen der alte Freundeskreis unter Umständen nicht mehr.
Und es ist nicht mal so, dass irgendwer daran Schuld hätte.
...
Tut mir leid ...
Ich hatte ja keine Ahnung.
Warum entschuldigst du dich?
Ha ha
Bleib du ...
... ruhig so, wie du bist.

Kei ...
Wir ...
... sollten uns beeilen. Es klingelt gleich.
Ja!
Wow ...
Obwohl Kei, Hayu und die anderen ...

Meine Sitzvorlieben im Kino

Ich wohne ganz in der Nähe eines Kinos, also gehe ich zum Filmeschauen meistens dorthin. Und ich sitze fast immer in der gleichen Ecke. Normalerweise hat man ja vermutlich in der Mitte das optimale Seh- und Hörerlebnis, aber ich sitze gern auf der rechten Seite des mittleren Sitzblocks. Und auch nicht zu weit vorn, sondern am liebsten ein wenig hinter der mittleren Sitzreihe. Irgendwie kann ich die gesamte Leinwand besser erfassen, wenn ich mich ein bisschen diagonal positioniere. Außerdem mag ich es überhaupt nicht, wenn um mich herum Leute sitzen, deshalb gehe ich bevorzugt in die Spätvorstellung oder schaue mir Filme erst kurz bevor sie aus dem Programm genommen werden an. (Lach) Momentan habe ich wirklich Lust auf Deadpool 2. Ob die Vorstellungen schon langsam leerer werden? Die Kritiken sind ja richtig super, deshalb freue ich mich schon total auf den Streifen? Ich bin schon ganz gespannt, ob er es schafft, Pacific Rim 2 in meinem persönlichen Ranking zu schlagen.

Deadpools japanische Stimme, Yasuyuki Kase, ist übrigens schon seit ungefähr zehn Jahren meine unangefochtene Nummer eins unter den männlichen Synchronsprechern, deshalb schaue ich mir den Film auch gern in der Synchronfassung an?

... genauso alt sind wie ich ...

... komme ich mir neben ihnen wie ein Kind vor.

Mir sieht man alles sofort an.

Nix mit Schauspielerin ...

Pschaa
Heute haben wir alle zusammen Schluss und können dich begleiten.
So kannst du dich mal etwas entspannen!
Ja.
Danke.
Frau Bodyguard ...
Wollen wir noch irgendwohin?

Hayu?
Nanu? Bist du heute zu Fuß, Ren?
Ja. Ausgerechnet bei diesem Mistwetter ...
Mein Schirm ...
...!
Was?
Ist er weg?

Jetzt schalte ich aber einen Lehrer ei…
Warte, Koharu!
Mir wurde schon mal gesagt …
… dass …
… man gegen so was nichts machen kann.
»Du wirst schikaniert?
Na und? So was kommt nun mal vor.«

»Die wird doch immer von allen hofiert.«
»Sie macht zwar auf liebes Mädchen von nebenan …
… aber in Wirklichkeit hält sie sich doch garantiert für was Besseres.«
Sind ihre Augen nicht irgendwie unnatürlich? Schönheits-OP? LOL
Hat Hayuyu zugenommen?
In letzter Zeit hat sie ganz schöne Starallüren.
Oh Gott, sie spielt die weibliche Hauptrolle neben Ryoga? Bitte nicht! Sie verdirbt ihn nur.
Musst du wegen jedem bisschen Kritik gleich das Opfer raushängen lassen?
So was musst du ja wohl abkönnen.
Macht sie eigentlich jedem schöne Augen? Die Alte ist echt ätzend.

»Das ist der Preis des Ruhms.«
Wie gemein …
Du und Kei …
… ihr seid doch nur deshalb berühmt, weil ihr für eure Karrieren hart geschuftet habt!
Ihr habt keinem Menschen irgendwas getan!
Und trotzdem wird selbst in der Schule noch von euch erwartet, dass ihr den Mund haltet …
… und euch alles gefallen lasst!

Ihr müsst euch …
… überhaupt nichts gefallen lassen, hörst du?!

Aber ...
Ich ...

...
seh das
übrigens
genauso.
Auch
wenn ich
keine so pein-
lichen Reden
schwingen
würde.
Ren!
Wir
sind zum
ersten Mal
einer Mei-
nung!
Gibt es
eine Ga-
rantie dafür,
dass sich das
Problem von
selbst löst?
Nein.
Also hör
mal langsam
auf das brave
Mädchen zu
spielen.
...
Wieso
»braves
Mäd-
chen«?

T...
Tut mir ...
...!
Hayu!
Pack
Sprich ruhig aus, was du denkst!
Das Ganze kotzt dich furchtbar an, oder?!

…
Ja …
Es kotzt mich an!

Keine Angst!
Wir stehen alle hinter dir!

Okay?

Ja!
Jetzt müssen wir ...
... nur noch überlegen, wie wir das Problem lösen.
Wir können dich ja nicht permanent überwachen.
Äh ...
Hier.
Ich hab 'ne Idee.

Klick

ZoftBank
Camera Roll

Act.07

Reflections of Ultramarine

Über die Coverillu von Kapitel 7 & mehr

Ungefähr ab hier überkam mich eine blaue Phase, weshalb dieses und die nächsten zwei Farbcover im Magazin überwiegend in Blau gehalten sind (Schwarz-Weiß-Titelbilder ausgenommen). Aber natürlich ändert sich der Eindruck schon dadurch ziemlich stark, ob das Blau mehr ins Rötliche oder ins Grünliche geht. In der Beziehung konnte ich mich beim Zeichnen also richtig schön austoben. Für diese Illustration hier hatte ich eigentlich nicht viel Zeit, aber aus heiterem Himmel bekam ich plötzlich Lust, ein Klettergerüst zu zeichnen. Ich weiß selbst nicht, was ich mir dabei gedacht hab. (Lach)

Für die Kamera, die Ren auf dem Höhepunkt des Kapitels benutzt, gibt es übrigens ein Modell (GoPro nennt sie sich), aber die echte ist sogar noch eine bis anderthalb Nummern kleiner, wie ich im Nachhinein feststellen musste. Die heutige Technik ist wirklich beeindruckend.

Ich will eine Drohne, die Fotos machen kann. (Lach)

Als ich sie zum ersten Mal sah, wusste ich, mein Traummädchen existiert tatsächlich.
Oh!
Was hast du denn da alles?!

Ich hab heute ein Shooting.
Das Magazin will ein paar persönliche Gegenstände von mir fotografieren.
Echt?!
Was du so im Alltag benutzt, interessiert die Leser bestimmt brennend!
Zeig mal her! ♡
LUCCA
Oh!
Wie toll!
Das ist doch der Farbton, der gerade erst neu rausgekommen ist, oder?!
Den seh ich zum ersten Mal in natura.
Ich will auch gucken!
Waaah!
Wie süß! ♡
Deine Sachen sind alle so süß!
Perfekt für Insta! ♡♡
Ich konnte mich nicht entscheiden und hab alles Mögliche eingesteckt.
Die Tüte passt nicht in mein Fach im Flur.
Hmm ...
Vielleicht nehme ich lieber den Spind am Eingang.

Ich begleite dich! ♫
Aber schnell, es klingelt gleich.
...

Katzenmanga **6**

Ich denke, alle Mangaka, die eine Katze besitzen, verspüren mindestens einmal im Leben den Wunsch, einen Manga über ihren Liebling zu zeichnen … und ich bilde da keine Ausnahme. (Lach) Aber wenn ich mir diverse Manga anderer Zeichner so ansehe, merke ich immer, dass es unglaublich schwierig ist, Dinge, die einem im Alltag widerfahren, interessant darzustellen. Heutzutage gibt es ja zum Beispiel auch auf Instagram viele Hobbyzeichner, die Episoden aus ihrem Leben in Form von Kurzmanga hochladen. Und die sind zum Teil wahnsinnig witzig, weshalb ich vor so was großen Respekt habe. Ich glaube, für solche Mini-Comics braucht man noch mal eine ganz andere Art von Talent als für das Zeichnen von ausgedachten Geschichten. Immer wenn ich versuche Dinge, die ich erlebt habe, in etwas ausgeschmückter Form zu Papier zu bringen, muss ich den Manga mindestens ein halbes Jahr liegen lassen, bevor ich objektiv beurteilen kann, ob er interessant ist oder nicht.

Worüber ich allerdings am meisten nachdenke, wenn ich Lust bekomme, Katzenmanga zu zeichnen, ist, wie ich meine Katze überhaupt aussehen lassen will.

Fortsetzung folgt …

Ihre Sachen haben alle ...
... waaahnsinnig toll geduftet, oder?!
Oder?!
Kannst du mich damit in Ruhe lassen? Danke.
...
Du klingst heute ...
... schon den ganzen Tag wie eine ausgeleierte Schallplatte.
Und warum schreist du eigentlich so rum?
Schiel ちらっ

Äh!
Du verheimlichst uns doch irgendwas?!
Oh, oh …
Spuck's aus!
Ha há há!
Krrt
Wir haben ihn!

Hä?
Was ist?
Ding
Dong
Geht bitte alle auf eure Plätze.
Der Klassendienst wird ...
Leer
Nanu?
Hatten sich für heute ...
... so viele Schüler abgemeldet?

Katzen zeichnen 7

Ich bevorzuge eigentlich Manga, in denen die Katzen nicht allzu stilisiert dargestellt sind, und bewundere Zeichner, die es schaffen, sie dabei trotzdem niedlich aussehen zu lassen. Wenn ich selbst Katzen zeichne, kommt dabei immer eine SD*-Version heraus, bei der Kopf und Körper gleich groß sind ...

← So wie hier

Katzenmanga, die ich entweder schon lange mag oder vor Kurzem entdeckt habe und wirklich empfehlen kann, sind: *Soroete chodai?* von Aya Ikuemi, *Yon & Mu* von Junji Ito, *Ore, Tsushima* von Opu no Kyodai, *Uchi no neko ga mata hen na koto shiteru.* von Tamako Tamagoyama, *Kamoi-ke no Maru-chin wa neko desu* von Masane Kamoi und so weiter und so fort.

Zwar liebe ich den süßen Tsushima aus *Ore, Tsushima*, aber am meisten hat mich die Episode über Tsukinowas Kackhaufen** ins Herz getroffen. Kackhaufen ...

Übrigens mochte ich Katzenmanga und -blogs schon immer und habe lange davon geträumt, mir selbst irgendwann eine Katze anzuschaffen.

Fortsetzung folgt ...

* Kurz für Super Deformed, cartoonartig verzerrte Zeichnung.

** In der die Katze aufs Fensterbrett macht und versucht, es unter dem Läufer zu verstecken, der aber immer wieder zurückklappt.

カチャ・
Klack
Raschel
かサ…
Nanu?
Dich kenn ich gar nicht. Gehst du auch in eine der Showbiz-Klassen?

Was hast du ...
... hier an unseren Spinden zu suchen?
D... Das ...
... kann dir doch egal sein!

Hüpf
Hmmm?
Ist das nicht eine Tüte von Lucca?
Die verkaufen doch nur supersüße Sachen für Mädchen.
Stehst du auf so was?
Schreck
Ich mag den Laden auch total!
Nein, ich ...
Was hast du denn gekauft?
Zeig doch ma...
Rupf
Flossen weg!
Tapp
Ah!

Einheit A?!
Er läuft die Treppe rauf!
?!
Tapp
Was ...
Uwah!
Tss!
Block

Tapp
Tapp
Aus dem Weg!
Schei-ße!
Domp
Zack
Rumms
Hä?!
Nee, oder?!
Args!

Aua ...
Er ist zwar schlaksig, aber ziemlich fit.
Hah
Kei!
Wow!
Super gemacht!
Die Muay-Thai*-Stunden zahlen sich aus!
Was war da los?!
Keigo! ♡
Muay Thai?
Meinst du die Fechtstunden für das Theaterstück?
Na ja, nicht so wichtig ...
* Kampfsportart.

Warum ist hier auf einmal so ein Menschenauflauf?
Ich bin schuld!
Mein Gesicht und meine Stimme haben uns verraten!
...
Und du willst Schauspielerin sein?
Gehen die anderen Diebstähle auch alle auf dein Konto?
Was ...?!
Woher ...
Woher ich das weiß?
4K60W
23:07
1H40
Die moderne Technik macht's möglich.
Solche leistungsstarken Kameras kann man heutzutage überall kaufen.
Und mit der entsprechenden App kann man sogar alles am Handy mitverfolgen.
Schau mal.
!
Hier haben wir dich in 1080p Full HD.

Die Kamera gehört eigentlich Rens Manager!
Raffiniert!
Ist das dein Handy?
Wie unvorsichtig.
Du solltest wenigstens die Bildschirmsperre aktivieren.
Lass den Scheiß! Gib das wieder her!
Hm, eine Flohmarkt-App ist nicht drauf. Ich dachte schon, du würdest …
… die Sachen verkaufen.
Uwah, die Fotogalerie ist echt heftig!
…!!
Hey!
Schon mal was von Privatsphäre gehört?!
Schon mal was von Diebstahl gehört?
Hm …
Es kann natürlich sein, dass er die Sachen per Computer verkau…
Nein, wollte ich nicht!
…!

I...
Ich ...
... liebe Hayuyu, das ist alles!
Da-rum ...
... wollte ich ein paar persönliche Dinge von ihr haben!
Ach so, du konntest also nicht anders.
Aber natürlich hast du's nicht böse gemeint, stimmt's?

Ugh …
Hör mal.
Es ist völlig egal, ob du böse Absichten hattest oder nicht. Was du gemacht hast …
… ist krimi-nell.
Jetzt spielt euch …
… bloß nicht so auf.
Dass ihr berühmt seid …
… habt ihr doch nur euren Fans zu ver-danken, die euch lie-ben!
Also macht gefälligst aus so einer Mücke keinen Ele-fanten!

Duuu ...
Du denkst wohl ...
... du kannst dich hinter dem Wort Fan verstecken.
Aber wenn man jemanden liebt, will man doch wohl, dass derjenige glücklich ist, oder nicht?
Möchtest du Hayu nicht immer lächeln sehen?
Pack

Bloß weil du von ihr nicht be- kommst, was du willst ...
... hast du noch lange kein Recht ...
... das Mädchen, das du liebst, zum Weinen zu bringen, du Arsch!

Koharu.
Hah
Hah
Und?
Was sollen wir jetzt mit ihm machen ... ... Nono-miya?

...
Wie ...
... heißt du?
...
Kubo...
...ta
Also gut, Kubota ...
Wenn du mir meine Sachen zurückgibst ...
und versprichst, mich nie wieder zu bestehlen ...
... dann reicht mir das.
Was?!
Ist das nicht zu lax?!
Sag's wenigstens seinem Lehrer!
»Ich komm mir gerade vor wie im Traum.
Ich bin nämlich schon ewig dein Fan.«

»Danke.«
Ein wenig …
… kann ich dich nämlich verstehen.
Danke …
… für deine Gefühle.
…

Du hast sie ...
... gehört, Koharu.
Wenn Hayu das ausreicht ...
... dann ist das okay, denke ich.
Manchmal ist Liebenswürdigkeit ...
... härter als ...
... jede Strafe.
Aber ...
... eins sag ich dir!

Wenn du noch mal jemanden aus der 10-H zum Weinen bringst ...
... dann machst du dir unsere ganze Klasse zum Feind!

Ach, Mensch.
Du bist einfach zu nett, Hayu.
Ich hätte ihm ordentlich die Hölle heißgemacht.
Ihr nicht auch?
Wenn ich ehrlich bin ...
... war ich erst nicht so angetan von dem Plan.
Ich hätte den Typen einfach machen lassen.
Alles andere ist doch nur lästig. Sicher ist es ätzend ...
... wenn so was passiert ...
Ich bin euer Bodyguard!
... oder wir heimlich fotografiert werden.
Aber wenn wir deshalb Theater machen, schaden wir uns am Ende doch nur selbst.
Du nervst.

Katzen

Miau 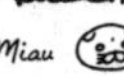

Jedenfalls … dachte ich ja, dass ich vermutlich aufhören würde, die Katzenblogs anderer Leute zu lesen, wenn ich erst mal meine eigenen Miezen hätte, über die ich alle anderen vergessen würde. Aber denkste?

Ich lese sie trotzdem noch?

Denn ich bin immer noch ganz vernarrt in alle Katzen und will sie jetzt sogar erst recht sehen. Geändert hat sich lediglich, dass ich beim Angucken der Fotos zusätzlich denke, dass meine eigenen Katzen mit Abstand die süßesten sind. ♡ Mit einer meiner Katzen auf dem Schoß zu kuscheln, während ich im Internet News über Katzen lese, ist meine allerliebste Art zu entspannen? (Lach)
Übrigens habe ich zwei Stubentiger, die charakterlich das genaue Gegenteil voneinander sind. Ich staune wirklich, wie unterschiedlich Katzen sein können. Dabei sind sie sich farblich ähnlich. (Lach)
Irgendwann möchte ich meine Erlebnisse mit den beiden unbedingt auch in Mangaform festhalten. Ich frage mich nur, wie lange es dauern wird. (Lach)
Regelmäßig zu zeichnen ist nämlich ganz schön schwierig (wenn man keinen Abgabetermin im Nacken hat), also hoffe ich, dass ich ein geeignetes Tempo für mich finde, um langsam eine Episode nach der anderen zu Papier zu bringen.
Aber das sagt sich so leicht … (Lach)"

Aber …
… es gibt Situationen …
… in denen man ruhig auch mal sagen darf: »Das geht jetzt zu weit!«
Hey!
Die Ampel wird gleich wieder rot!
Ein bisschen Beeilung!

Sie ist weder unsere Arbeit …
… noch unser Zuhause.
Trotzdem ist die Schule …

... ein
wichtiger
Ort für
uns ...
... an dem
alle möglichen
Emotionen aufei-
nandertreffen.

Act.08

Über die Coverillu von Kapitel 8 & mehr

Ich hatte Lust, ein Bild zu zeichnen, das so aussieht, als hätte man einen Ausschnitt aus dem Hintergrund rangezoomt, und das ist dabei rausgekommen. Da der Abgabetermin für Titelbildillustrationen früher liegt als für die Kapitel selbst (weil das Seitenlayout mit Logo, Teasertext und so weiter entworfen werden muss), kümmere ich mich meistens selbst um den Hintergrund und das Rastern. Dieses Mal hatte ich allerdings Glück, dass meine Assistenten zu dem Zeitpunkt schon da waren, und so konnte ich ein bisschen intensiver daran arbeiten als sonst.
Kameras und Monitore zu zeichnen ist ganz schön aufwendig, oder? (Lach) Kapitel 8 ist in gewisser Weise sehr typisch für mich, wie ich finde. Und Herrn Hikami zeichne ich wahnsinnig gern, sowohl rein äußerlich als auch als Charakter. Diese Texte hier schreibe ich übrigens immer nach dem Nachwort auf den Bonusseiten, und dort habe ich mir über diesen Punkt bereits unnötigerweise die Finger wundgeschrieben, also lest am besten ganz locker drüber weg. (Lach)

Sag mal …
Bei dem Spot hat doch Eiji Hikami Regie geführt, oder?
Er hier
Die hat's gut.
Ich will auch mal mit ihm drehen!
Ich auch!
Sie ist schon echt süß.
Meine Niederlage ist mehr als verdient.
Ah ha ha
Oh …
Herr Hikami ist ja richtig beliebt.
Trotz seiner sadistischen Ader.
Er ist ja auch der Meister der Coming-of-Age-Dramen.
Coming-of-Age?
Filme über Jugendliche und so. Das weiß man doch.

Na ja ...
Alle Schauspieler in unserem Alter ...
... wollen vermutlich wenigstens einmal für ihn vor der Kamera stehen.
Frühling der Verwesung war schon cool.
Sein Film aus dem letzten Jahr.
Visuell hat mir Needle Alice am besten gefallen ...
... aber Betrachtungen eines Soprans nach seinem eigenen Drehbuch war auch krass.
Wie der mit Anfang zwanzig so geniale Sachen machen kann, ist mir unbegreiflich ...
...
Ey!
Ihr glaubt nicht, was mir passiert ist!
M...
Morgen, Yuri.
Warum schreist du so?
Weil's superunangenehm war!
Ich war gestern bei einem Casting für einen Fernsehfilm ...
... und wem bin ich da begegnet? Kinoshita aus der G!
Ugh ...

Uwah, so was ist echt unangenehm.
Mann ey!
Dabei wäre das endlich mal wieder ein Film zur Primetime!
Wenn sie die Rolle bekommt, krieg ich die Krise!
Wenn nur wenige Leute genommen werden, will man echt nicht gegen Freunde antreten müssen.
Ich hab das Problem ja auch, weil ich in letzter Zeit kaum noch zu größeren Castings gehe.
Stimmt …
Wenn aus Freunden plötzlich Konkurrenten werden …
Na komm, Kopf hoch!
Du bekommst die Rolle schon.
…
Aber bevor ich mir darüber Gedanken mache …

... müsste ich ja überhaupt erst mal irgendwo vorsprechen!
Buhuu!
Eure Sorgen möcht ich haben!
Hah ...
Ach, Ren ...
Das mit der komischen Prophezeiung war ja wohl nichts.
Wir Armen sind jeden Tag pünktlich im Unterricht und jeden Abend pünktlich daheim.

9

Stimme weg
(Zum zweiten Mal in 15 Jahren)

Und zwar berichte ich euch gerade live davon, während es passiert. Mein Hals ist geschwollen und ich bekomme keinen Ton raus. Ungefähr seit vorgestern hatte ich schon Probleme beim Atmen, aber sprechen konnte ich noch. Die Feier gestern Abend muss mir den Rest gegeben haben. Ich wünschte, ich hätte brav auf den Alkohol verzichtet ... schluchz.

Aber das Bier war so lecker. (Lach)

Früher ist mir so was auch schon mal passiert. Das war ziemlich am Anfang meiner Karriere, ungefähr im zweiten oder dritten (?) Jahr, und es hat einen ganzen Monat gedauert, bis ich meine Stimme wiederhatte. Ich erinnere mich noch gut daran, wie schwierig es war, meinen Assistenten Anweisungen zu erteilen, aber mittlerweile kommunizieren wir in der Regel per Chat, also macht es nichts, wenn ich nicht sprechen kann. Glück im Unglück?

Moment, war das jetzt etwa die Pointe?? (Lach)

Wie dem auch sei, wenn die Stimme erst mal versagt hat, helfen auch frei verkäufliche Medikamente nicht mehr, also werde ich, sobald ich die Randkolumnen fertig geschrieben habe, erst mal zum Arzt gehen. Uuh, ich war schon ewig bei keinem mehr, außer beim Zahnarzt.

Wo muss man bei Halsbeschwerden hin? Zum HNO-Arzt?

Yo.
Geht ihr schön brav zur Schule?

H...
Herr Hikami?!
Jepp.
Wie er leibt und lebt.
Hä?!
W...
Was ist denn jetzt ka-putt?!
Was machen Sie hier ?!
Schrei doch nicht so.
Du nervst.
Wenn du so ein Theater machst, geh ich wieder.
Hmpf!
Dabei hab ich mich extra herbemüht, um euch zu einem Vorsprechen einzuladen.
Flapp
ぴらっ

Was ...?
Können wir erst mal irgendwo reingehen?
Diese schwüle Hitze ...
... bringt mich um!
Schreck
はっ
Ich hab 'ne ganze Stunde auf euch gewartet.
Halb vertrocknet
Sie Ärmster!
Sie sind auch ganz grün um die Nase!
Sonne bekommt ihm wohl nicht ...
Alles okay?
asahi cafe

Ich hab ...

Null Orientierungssinn

Ich wünschte, ich könnte irgendwas gegen mein Talent tun, selbst mit Karte in der Hand schnurstracks in die falsche Richtung zu laufen, wenn ich zum ersten Mal irgendwohin gehe. Kann man das überhaupt Talent nennen?

Es ist nicht so, dass ich besondere Angst davor oder ein großes Problem damit hätte, mich zu verlaufen (weil ich gern zu Fuß gehe), aber wenn ich mit jemandem zusammen unterwegs bin oder mit Freunden irgendwo verabredet, leiden ja auch andere darunter. Deshalb will ich wirklich unbedingt etwas dagegen tun!

Als Gegenmaßnahme schaue ich mir am Vortag schon immer die Gegend auf Google Street View an, um mir visuelle Anhaltspunkte und den Weg zu merken, und ich gehe auch immer ein wenig früher los als nötig. Aber eigentlich will ich nicht nur die Symptome behandeln, sondern vollständig geheilt werden, sprich: Ich will endlich lernen, wie man Karten liest! Jawohl!

In Japan geht es ja noch, aber wenn man sich im Ausland verläuft, bekommt man schon etwas Panik. Ich bin mal in England fünf Kilometer in die falsche Richtung gelaufen und hätte schon beinahe vor lauter Erschöpfung geheult.
Ich wünschte, es wäre mir irgendwo nach zwei Kilometern aufgefallen.

In Japan habe ich mich übrigens zuletzt in Akihabara* verlaufen. Ich dachte schon, ich komme nie mehr am Kandagawa** an. (Lach)

Nun ja, so ist das eben mit mir. Ich hoffe nur, dass ich wenigstens im Leben nicht die Orientierung verliere. Was ist denn das für ein Fazit? (Lach)

Ein Musikvideo?!

Ja.

Sagt euch der Name Yuzuru Inamoto was?

* Stadtteil und ** Fluss in Tokio.

Yuzuru Inamoto?
Ja, den kenn ich.
Oder besser gesagt …
… der ist doch gerade mega-angesagt, oder?
Der hat auf YouTube angefangen.
Music News
Yuzuru Inamotos neue Single »Orangelica« in Rekordzeit 100 Millionen Mal angeklickt!
Zahlreiche Kollaborationen mit berühmten Künstlern! Schon das vierte Release in 4 Monaten!
Genau.
Und …
… ich drehe das Video für seine nächste Single.
Den Text schreiben wir zusammen.

Das ...
... Thema des Songs ist ...
»Der Morgen nach der Nacht in der galaktischen Eisenbahn*«.
* Kunstmärchen von Kenji Miyazawa.
Ihr wisst doch, worum's da geht, oder?
Natürlich.
I... Im Großen und Ganzen ...
Dann schieß mal los.
!!
Ich?!
Ähm ...
Die Geschichte handelt von den Freunden Giovanni und Campanella ...
... die am Abend eines Stadtfests in einen mysteriösen Zug aus dem All steigen ...

Sie reisen ...
... die Milchstraße entlang zu verschiedenen Orten und begegnen allerlei Menschen ...
... doch am Ende war alles nur ein Traum oder eine Illusion ...
... und Giovanni erfährt, dass Campanella in Wirklichkeit im Fluss ertrunken ist.
Ende.
Kenji Miyazawa würde sich im Grabe umdrehen, aber gut.

Mit anderen Worten ...
... handelt der Song davon, wie die Geschichte von Giovanni am darauffolgenden Morgen weitergeht.

Während er noch unsicher ist, ob er die Geschehnisse der letzten Nacht vielleicht nur geträumt hat ...
... geht die Sonne auf und mit dem neuen Morgen bricht die Realität über ihn herein, dass Campanella nicht mehr am Leben ist.

Für das Musikvideo will ich die beiden Hauptfiguren durch ein Mädchen und einen Jungen aus der Gegenwart ersetzen.
Toll …
Oooh!
Und diese Rolle soll ich …?!
Spinn nicht rum!
Du darfst für die Rolle vorsprechen, mehr nicht.
Der Rest liegt an dir!
Ups …
Natürlich. Was sonst?
Aber! Aber!
Ich freu mich riesig!
…

...
Flapp
Ich bin Ihnen dankbar für Ihr Angebot, aber ...
... ich ...
Für die Rolle des Campanella findet übrigens kein Vorsprechen statt.
Dafür stehst du bereits fest.

...
Äh ...
Hey ...
Sag jetzt ja nicht Nein.
Was ...?
Bei meinem Werbespot neulich hast du unsere Nachrichten auch einfach ignoriert. So was Dreistes!
Mo...
Warten S...
Bei den männlichen Bewerbern ...

… war die Wahl einstimmig auf ihn gefallen.
Leider waren seine Kontaktdaten frei erfunden, deshalb haben wir ihn über die Schule kontaktiert …
… aber der Kerl hat uns einfach ignoriert. Der traut sich vielleicht was!
…
…
Ach …
… so war das also …

Moment mal ...
Du hättest doch was sagen können!
Mann!
...
»Alle Schauspieler in unserem Alter ...
... wollen vermutlich wenigstens einmal für ihn vor der Kamera stehen.«
Warum ...
... hat er denn dann ...
Warum hast du abge...
Herr Hikami ...
Ich denke nicht, dass ich Ihr Angebot ...
Klapper
Pack

—
Flüster

Was
...
...
Aber
...
Du
solltest es
machen
...
...
Ren!

Ich weiß zwar nicht, was los ist …
… aber du bist doch ein Riesenfan von Herrn Hikami, oder?!
?!
Bist du … … blö…
Oh, was hör ich da?
Sag das doch gleich.
Außerdem …
… hast du doch selbst gesagt …
… ich soll davon ausgehen, dass jede Chance die letzte ist!
»Und wenn es …
… kein nächstes Mal gibt?«
…
…!

...
O...
...kay ...
Ich mach's.
...
Na also.

Tapp
Tapp
Tapp
207
ULTRAMARINE GmbH
Bin wieder da!
Oh!
Koharu.
Du kommst aber spät.
Hey, was ist mit Abendessen?
Jetzt noch nicht!
Ich muss ein Skript für einen Job lesen!
Stör mich nicht, okay?
Hä?
Was für ein Job?

»Für die Rolle des Campanella findet übrigens kein Vorsprechen statt. Dafür stehst du bereits fest.«
Ein bisschen neidisch ...
... war ich schon.
Was bilde ich mir denn ein?
Bisher hat Ren mich ...
Srrt
... mehr oder weniger mitgeschleift.
Aber ...
... dieses Mal ...

... werde
ich ihn aus
eigener Kraft
einholen!

Studio A
Vorsprechen für Yuzuru Inamotos neues Musikvideo
Vorsprechen für Yuzuru Inamoto neues Musikvi
Outfit sitzt!
Make-up sitzt!
Unterlagen hab ich!
Und alles andere auch!
Uuh ... Ich bin so nervös!
Bubumm
Bubumm
Bubumm
Bubumm
Egal!
Auf geht's!
Klack

Guten
Mor...

Ri...sa
...
»Ich hab das Problem ja auch, weil ich in letzter Zeit kaum noch zu größeren Castings gehe.«
Egal
...
... wie gut wir uns alle verstehen
...

... wenn's um einen Job geht ...
... hört die Freund-schaft auf.

Act.09

Reflections of Ultramarine

Über die Coverillu von Kapitel 9 & mehr

Die Blumen im Hintergrund sollen eigentlich Enzianblüten darstellen (weil in Nacht in der galaktischen Eisenbahn auch welche vorkommen), aber als ich am Ende noch ein wenig an den Einstellungen rumgespielt habe, sind die Farben plötzlich matt geworden. (Lach) Wie ist das passiert? Koharus Uniform soll wie die von Zugführern oder eher Bahnhofspersonal aussehen. Ich liebe ja vor allem diese Mäntel mit Stehkragen und doppelter Knopfreihe, die Bahnangestellte im Winter tragen. Die privaten Bahngesellschaften in Japan haben mitunter ziemlich coole Uniformen. Ich google öfter mal danach und grinse dabei vor mich hin. (Lach) Dieses Kapitel hat sich irgendwie richtig nach Mangazeichnen angefühlt. Am Ende hatte ich wirklich den Eindruck, etwas geleistet (?) zu haben. Dabei zeichne ich doch immer Manga. (Lach)

Strahl
Du sprichst auch für das Musikvideo vor?!
Waaah!
Schubs
Och nee …
Ausgerechnet heute …
Uff!
?!
Sprich mich gefälligst nicht an!
O… Okay …

Da fällt mir ein …
»Wenn nur wenige Leute genommen werden, will man echt nicht gegen Freunde antreten müssen.«
»Uwah, so was ist echt unangenehm.«
Das hatten sie gesagt, oder?
Ich war so nervös, dass ich mich einfach nur gefreut hab, sie zu sehen.
Moment mal …
Die Gesichter kenn ich doch.
Das Mädchen da …
… und auch das da drüben …
… sehe ich doch immer im Fernsehen …
A…
A…A… Aber!
Ich wurde schließlich vom Regisseur persönlich eingeladen!
Auch wenn es ihm hauptsächlich um Ren zu gehen schien …
Schluck
Heute geht's um alles!
Fühlt sich fehl am Platz …
Mal wieder …

Ihr habt das Skript ja sicher gelesen.
Das Thema von Yuzuru Inamotos neuem Musikvideo lautet ...
»Der Morgen nach der *Nacht in der galaktischen Eisenbahn*«.
Das heißt, ich muss mich anstrengen!
Der Rotzlöffel ...
Ich meine ...
Knüll
... Yuzuru Inamoto sagt, er freut sich auch schon sehr auf euch!
Wie Yuzuru wohl in echt ist?
Also dann ...
Ren!

Raun
Da ist Ren!
Hey ...
Von welcher Agentur ist der denn?
Den kenn ich gar nicht.
Tuschel
Tuschel
Ist der cool!
Oh Gott!
Das ist Ren Serizawa, der die Rolle des Campanella spielt.
Hallo. Freut mich.
Das heutige Casting wird so ablaufen, dass ihr mit Ren als Partner frei improvisiert.

Und zwar die Szene ...
... die den Höhepunkt des Songs markiert, in der der tot geglaubte Campanella Giovanni als Vision erscheint.
Improvisation ...
Dann müssen wir ...
... uns spontan was überlegen?
Jede von euch bekommt drei Minuten Zeit, in denen sie machen darf, was sie will.
Im Video verschwindet Campanella am Ende. Das wird im Nachhinein reineditiert.
Hier im Casting »verschwindet« Campanella, indem er sich dieses Tuch umlegt.
Wenn er so macht ...
... dann passiert das.
Sst

Ren Serizawa

Management: Aqua Pro

Geburtstag: 7. Mai

Alter: 15

Augenfarbe: Blau

Haarfarbe: Schwarz

Größe: 1,77 m

Gewicht: 56 kg

Tätigkeitsfeld: Schauspiel

Ausbildung: Showbiz-Klasse der Funakoshi

Bisherige Erfahrungen: Filmrollen, aktuelles Werbegesicht von Marine Breeze

Reflections of Ultramarine
Mayu Sakai

Ist schon jemand bereit, den Anfang zu ma...
Ja, ich!
Hier, ich!
Was?
Dann zuerst Nummer vier.
Wissen etwa alle schon, was sie darstellen wollen?!
Guten Tag, ich bin Reimi Omiya ...
... von Arts Pro!
Campanella!

Uwah ...
Die sind ja alle ...
... total gut!

Beim Konzert

Vor Kurzem war ich auf ein Konzert der SUPER☆GiRLS eingeladen. Ich war zwar schon mal bei Konzerten von Boybands, aber eine Girlband habe ich zum ersten Mal live gesehen. Was soll ich sagen? Es war der Wahnsinn!

Mal fühlte man sich, als hätte jemand eine Schmuckschatulle mit lauter süßen Dingen vor einem geöffnet, und dann wiederum gab es zwischen den Songs richtig coole Tanzeinlagen und so. Aber davon mal abgesehen, allein schon die Formationen und Choreografien für so viele Songs im Kopf zu behalten und auch noch fehlerfrei vorzuführen verdient nichts als Respekt. Kein Wunder, dass man sich nach so einem Konzert richtig aufgeputscht fühlt!

Und jetzt habe ich Lust, die Handgesten und Songtexte zu lernen, damit ich beim nächsten Mal richtig mitmachen kann. (Lach)

Vermutlich werde ich, noch bevor dieser Band in den Handel kommt, auf Twitter einen kleinen Konzertbericht schreiben, aber zur Erinnerung wollte ich das Erlebnis auch in einer Randspalte festhalten. Es war der Hammer, sag ich euch!

Aber wieso hat mich mein Kreuz danach fast umgebracht, obwohl ich in den zwei Stunden nur zugesehen hab? Reiß dich mal zusammen, MYPN!

Aber ...

Dodomm

... Ren passt sich in Windeseile ...

... perfekt an jede seiner Partnerinnen an.

Er ist noch viel unglaublicher als sie alle.

Klatsch
Stopp!
Das Niveau ist aber wirklich hoch heute.
Ach ja?
Ich finde, die sehen neben Ren alle wie Weibchen aus.
Sie schmachten ihn viel zu sehr an.
Weibchen?! Also!
Als …
… Nächstes Risa Yajima!
Oh, Risa ist dran.
Ja!
Hallo, ich bin Risa Yajima von …
Swupp

Campanella ...
Campanella!
Domp
... Du hast Arme ...
ポタ Tropf
... und Beine ...
... und Augen.
Tropf ポタ

Ich hab ...
... von Anfang an ...
... nicht an deinen Tod geglaubt!
Campanella!

Fwapp
Cam-
pa...
...nella?
Klatsch
Das reicht!
Vielen Dank!

Wahn-sinn, Risa!
Wooow!
Gut ist sie, das muss man ...
... ihr lassen.
Aber in letzter Zeit sieht man sie fast nur noch in Neben-rollen.
Diese Saison ist sie nirgendwo regelmäßig zu sehen.
Das eben war pure Verzweif-lung.
Psst!
Sie kann uns hören.
Hi hi

Die Nächs-te ist ...
Oh, schon die Letzte.
Hiragi!
...?

Was hat sie denn?
Warum steht sie da wie angewurzelt?
Sto...
Moment bitte!
Sie scheint sich nicht wohlzufühlen.
Könnten wir eine Pause machen?

...
Kurze Pause!
Hä?
In fünfzehn Minuten geht's weiter.
Hira...
Hey!
Was ziehst du hier für eine Show ab?

Risa …
Wenn du der Situation nicht gewachsen bist, dann lass es bleiben!
Für falsche Rücksicht ist hier nicht der richtige Ort!

Ich wusste ja, dass so was vorkommen kann.
Aber bisher musste ich noch nie gegen eine Freundin antreten.
Auf einmal wird mir erst richtig bewusst, was das heißt.
Wenn ich die Rolle bekomme ...
... fliegt dafür jemand anders raus.
Das ist doch ...
... ganz schön grausam, oder?

Jetzt bild dir mal nichts ein.
Im Gegensatz zu dir hat Yajima eine beachtliche Karriere vorzuweisen.
Wie kommst du auf die Idee, dass du dir gegen sie solche Zweifel leisten kannst?
...
Uh ...
Und davon mal abgesehen ...
Bei *Romeo und Julia* und dem Werbespot ...
... hast du mir die Suppe hier eingebrockt.
Äh ...
... hast du auch im letzten Moment Muffensausen gekriegt.
Was soll der Scheiß?

Lass
mich gefäl-
ligst nicht
hängen!

Ren
...
Okay, fang an ...
... Hiragi.

Letzte Randspalte

Wenn man wie diese Mädels jeden Tag so viel tanzt und Choreografien einstudiert, bekommt man natürlich automatisch Muckis und muss vermutlich keine Angst davor haben zuzunehmen. (Bei so einem Pensum kann man ja gar nicht dick werden.) Ich finde nicht die richtigen Worte, aber das ganze Konzert über war ich hin und weg und dachte nur: »Das sind echte Profis!«
Vielen Dank, dass ich dabei sein durfte!

Eigentlich macht die Zeit, die Künstler auf der Bühne stehen und vom Publikum angehimmelt werden, ja nur einen Bruchteil des Popstarlebens aus, aber wenn man bloß die tolle Show sieht, ist es verständlich, dass man neidisch wird und sich wünscht, selbst dort oben zu stehen. Aber so eine Show kommt nur zustande, weil Hunderte oder gar Tausende Stunden Arbeit dahinterstehen. Das ist mir beim Zuschauen mal wieder so richtig bewusst geworden. Die Mädchen auf der Bühne haben ihrem Namen alle Ehre gemacht!

Und damit habe ich zum Glück auch dieses Mal alle Randspalten irgendwie füllen können. Ich halte natürlich auch weiterhin nach interessanten Begebenheiten in meinem Alltag Ausschau, damit ich auch in Band 3 genug Themen finde, über die ich schreiben kann! Vielleicht sollte ich mal auf Twitter nach Vorschlägen fragen. (Lach)
Jetzt geht MYPN aber erst mal zum Arzt.

Mein Hals bringt mich um.

Am Ende des Bandes findet ihr noch ein, zwei Bonusseiten, also schaut doch auch dort noch rein!

Wenn ...
... ein geliebter Mensch plötzlich stirbt ...
... und man die Chance hätte, ihn noch mal zu sehen ...
... was würde man da fühlen?
Was würde ...
... ich ...
... diesem Menschen mitteilen wollen?

Campa-
nella ...
Campa-
nellaaa!

Bist du meinetwegen gekommen?!
Dank...
Stolper
すてーん!!
Domp
?!
Ha ha
Nee, oder? Der Sturz ...
... war aber echt.
Seid still!
Schreck
Ein Glück!
Es hat mir ...
... keine Ruhe gelassen, dass ich dir ...
... weder Danke noch Auf Wiedersehen sagen konnte.

Tut mir leid ...
... dass ich dir auch jetzt noch Sorgen mache.
Aber hab keine Angst. Ich werde stark sein ...
... auch wenn du nicht mehr da bist.
Ich komme schon zurecht.
Denn ich bin ja nicht allein.

Also …
… sei ganz be-ruhigt.

Oh nein!
Ich muss heulen.

Ich hab mich ent-schieden.
Die Rolle des Giovanni ...
Huch?
Will er nicht langsam mal Stopp sagen?
... geht an Koharu Hiragi.
Reflections of Ultramarine 2 – Ende

Bonusseite
Das ist die Vorskizze für das Titelbild von Kapitel 9.
In diesem Stadium waren die Hände und der Hut nur ungefähr angedeutet. Danach habe ich mich selbst in dieser Pose fotografiert, mit dem Foto als Vorlage die Reinzeichnung angefertigt und anschließend koloriert.
Per Selbstauslöser
Klick
Handy
Kommt sich ein bisschen blöd vor

Darauf, dass dieser Band besonders viele Randspalten enthalten würde, hatte ich mich mental ja schon vorbereitet, aber für diese Seite hier habe ich absolut keinen Plan ... Hm, was stelle ich mit dir an? Ich könnte ja mal wieder ein wenig fangirlen. Das habe ich schon ewig nicht mehr gemacht!

Und zwar wird dieser Text davon handeln, dass ich **eine Schwäche für Männer mit Dauerwelle** habe.

Unterbewusst habe ich es schon länger geahnt, aber es scheint tatsächlich so zu sein, dass ich sowohl bei fiktiven als auch bei echten Männern auf Dauerwelle stehe. Also jetzt keinen krausen Wuschelkopf (lach), sondern etwas längere Haare. Bei fiktiven Charakteren dürfen es gern auch mal lange glatte Haare sein, aber im echten Leben geht für mich nichts über Dauerwellen. Und zwar angefangen bei einer Länge, wie Benedict Cumberbatch sie in der BBC-Serie *Sherlock* trägt, bis ungefähr schulter(?)lang. Am allerliebsten aber mag ich Bobs. Und statt einer allzu feinen Krause bevorzuge ich leichte, lockere Wellen.

So konkret, wie ich meine Vorlieben formuliert habe, vermutet ihr jetzt sicher, dass ich dabei jemand Bestimmtes im Kopf habe. Damit habt ihr **völlig recht!** (Lach) Und zwar für jede Haarlänge jemand anderen. (Lach) Aber das mal beiseite. Wenn ihr euch fragt, wie lange ich Dauerwellen schon mag, lautet die Antwort: Ungefähr seit der vierten Klasse, also seit meinem zehnten Lebensjahr. Der Held einer Romanreihe, die ich damals gelesen habe, war auf den Illustrationen immer mit lockigen Haaren dargestellt und ich fand: Ja, hübsche Jungs müssen schon Locken haben, um wirklich überzeugend zu sein. Welche Zehnjährige denkt denn so was? Die späteren Bände der Serie wurden allerdings von jemand anderem illustriert und seitdem hatte der Junge keine Locken mehr (mit seiner neuen, glänzenden Glatthaarfrisur sah er auch unglaublich gut aus), aber ich finde immer noch, dass er mit Locken eher meiner persönlichen Vorstellung eines hübschen Jungen entsprach. (Ich wurde da sehr von Aragorn aus Der Herr der Ringe und Gilbert aus Kaze to ki no uta* geprägt.)

Aber eigentlich wollte ich damit nur sagen, dass ich mich immer sehr freue, wenn ich Herrn Hikami zeichnen darf. (Lach)

Achtet mehr auf seine Frisur als die Heldin dieser Geschichte. (Er selbst denkt allerdings, er bindet seine Haare nur irgendwie zusammen.)

* Einer der ersten Vorreiter des Boys-Love-Genres, erschienen 1976.

Den Text über mein Faible für Dauerwellen auf der letzten Seite habe ich in weniger als fünf Minuten runtergeschrieben. (Lach) Und schon seid ihr auf der letzten Seite dieses Bandes?

Vielen Dank an mein Team, an meine Familie und an alle Leser ♡

Schreibt mir doch gerne an diese Adresse:
↓

Altraverse GmbH
»Mayu Sakai«
Ruhrstraße 11A
22761 Hamburg

Twitter → @mayupon107

Ich habe da so eine Vorahnung, dass der Showbiz-Anteil in Band 3 etwas höher ausfallen wird. Und hier und dort sollte sich vielleicht auch liebestechnisch endlich was bewegen. (Lach)

Ich hoffe, wir sehen uns wieder in Band 3?

Romance 13+

Daily Butterfly

suu Morishita

Sämtliche Jungs fliegen auf Suiren. Sie ist allerdings von all der Aufmerksamkeit total eingeschüchtert und zieht sich immer weiter in sich zurück, bis sie kaum noch mit jemandem spricht. Doch dann begegnet sie Kawasumi, der sie keines Blickes würdigt. Und plötzlich ist sie fasziniert von seiner zurückhaltenden Art. Wird sie für ihn ihr Schneckenhaus verlassen?

Romance 13 +

Short Cake Cake

suu Morishita

Um auf die Oberschule gehen zu können, muss Ten Serizawa von ihrem kleinen Heimatdorf aus eine zweistündige Busfahrt auf sich nehmen – eine echte Herausforderung! Kurzerhand beschließt sie, in eine Wohngemeinschaft zu ziehen. Doch ihre neuen Mitbewohner wecken ungeahnte Gefühle in ihr – und sie auch in ihnen. Und so beginnt das Liebeskarussell sich zu drehen ...

Romance 13 +

Du erwachst im Frühling
Asato Shima

In der Grundschule wurde Ito immer von dem sieben Jahre älteren Nachbarsjungen Chiharu beschützt. Der leidet allerdings an einer schweren Krankheit und wird in einen Kälteschlaf versetzt, bis es eine Chance auf Heilung gibt. Als er nach sieben Jahren erwacht, ist aus dem »großen Bruder« ein Gleichaltriger geworden und Ito entdeckt ganz neue Gefühle für ihn ...

Romance 13 +

Der Hexer und ich

Asato Shima

Der neue Schüler, der neben Nagi sitzt, hat ein großes Geheimnis: Er ist eine männliche Hexe, eine echte Seltenheit. Und damit nicht genug: Wenn er sich einem Mädchen nähert, hat er keine Kontrolle mehr über seine Kräfte. Ist er etwa allergisch gegen Mädchen?

Alice auf Zehenspitzen

Mutsumi Yoshida

Alice schmeißt nicht nur zu Hause den Haushalt, sie kümmert sich auch rührend um den Nachbarsjungen Yutaro. Der hegt allerdings ganz andere Gefühle für sie. Und als dann auch noch Yutaros Onkel Toma auftaucht, stürzen die beiden die arme Alice in ein gehöriges Gefühlschaos ...

Romance 13+

Kein Dad wie jeder andere

Chojin

Familie wider Willen – Kaoru Kiryu wird von seinem Großvater gezwungen, die herzensgute Waise Nae zu adoptieren, die sich immer rührend um den alten Mann gekümmert hat. Kaoru ist davon herzlich wenig begeistert, doch Naes sonniges Gemüt macht es ihm nicht leicht, sie nicht in sein Herz zu schließen …

Fantasy 13 +

Die Legende von Azfareo

Shiki Chitose

Im Schloss des Königreichs Azfareo haust ein fürchterlicher Drache. Rukul wird auserwählt, ihm zu dienen. Das aufbrausende Temperament der Bestie verschreckt sie zunächst, doch sie bemerkt schnell, dass sich hinter seiner rauen Schale eine sanfte Seele verbirgt. Jedoch rankt sich um den Drachen und den verschwundenen König noch ein großes Geheimnis ...

Fantasy 15 +

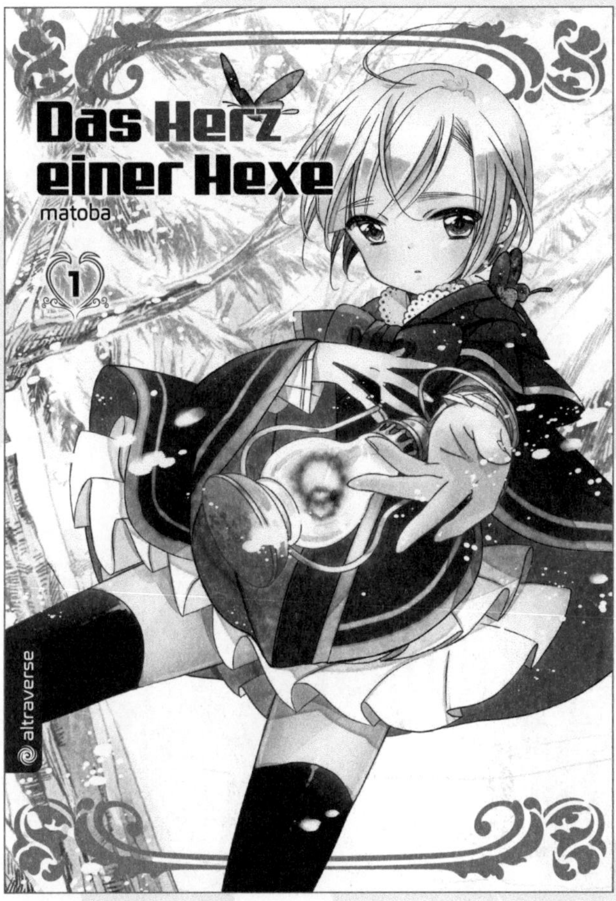

Das Herz einer Hexe

matoba

Nach dem Verlust ihres Herzens ist die Hexe Mika unsterblich geworden. Seit Jahrhunderten streift sie nun schon gemeinsam mit ihrem treuen Gefährten, einer verwunschenen Laterne, durch die Welt und hofft, ihr Herz wiederzufinden. Erst wenn ihr dies gelungen ist, erwartet sie die Erlösung ...

Keine Cheats für die Liebe

Fujita

Nerd sein ist nicht leicht! Sobald die Männer erfahren, dass Narumi ein Fangirl ist, nehmen sie Reißaus. Die Lösung: Ein Nerd muss her – meint zumindest ihr Kindheitsfreund Hirotaka, selbst eingefleischter Gamer, und stellt sich auch gleich zur Verfügung. Ist dies der Beginn einer mangareifen Romanze oder heißt es am Ende doch Game over?

Deutsche Ausgabe / German Edition
Altraverse GmbH – Hamburg 2019
Aus dem Japanischen von Anne Klink

GUNJO REFLECTION

Redaktion: Katrin Aust
Herstellung: Stephanie Gieck
Lettering: Vibrant Publishing Studio

Druck: CPI books GmbH, Leck
Printed in Germany

ISBN 978-3-96358-295-0
1. Auflage 2019

www.altraverse.de